Título original: *Ma famille sauvage*

© 2017, hélium / Actes Sud
Publicado originalmente por hélium / Actes Sud, 2013.
Derechos adquiridos a través de Isabelle Torrubia Agencia Literaria.

© 2017, de esta edición: Libros del Zorro Rojo
Barcelona – Buenos Aires – Ciudad de México
www.librosdelzorrorojo.com

Dirección editorial: Fernando Diego García
Dirección de arte: Sebastián García Schnetzer
Traducción y edición: Estrella B. Del Castillo
Corrección: Sara Díez Santidrián y Ada Arbós

Primera edición: mayo de 2017

ISBN: 978-84-946506-6-6   Depósito legal: B - 4147 - 2017

Impreso en Italia por Grafiche AZ

Laurent Moreau

UNA FAMILIA
SALVAJE

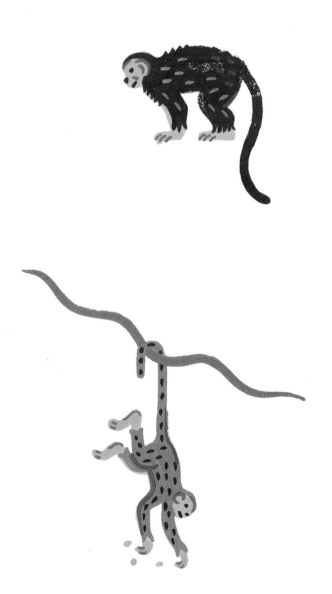

LIBROS DEL ZORRO ROJO

Tengo una familia
excepcional.

Mi hermano mayor
Es fuerte y tiene buen carácter,
pero mejor no llevarle la contraria.

Mi hermano pequeño

Es ligero y soñador. Tiene la cabeza en las nubes.
¡Y canta que da gusto oírlo!

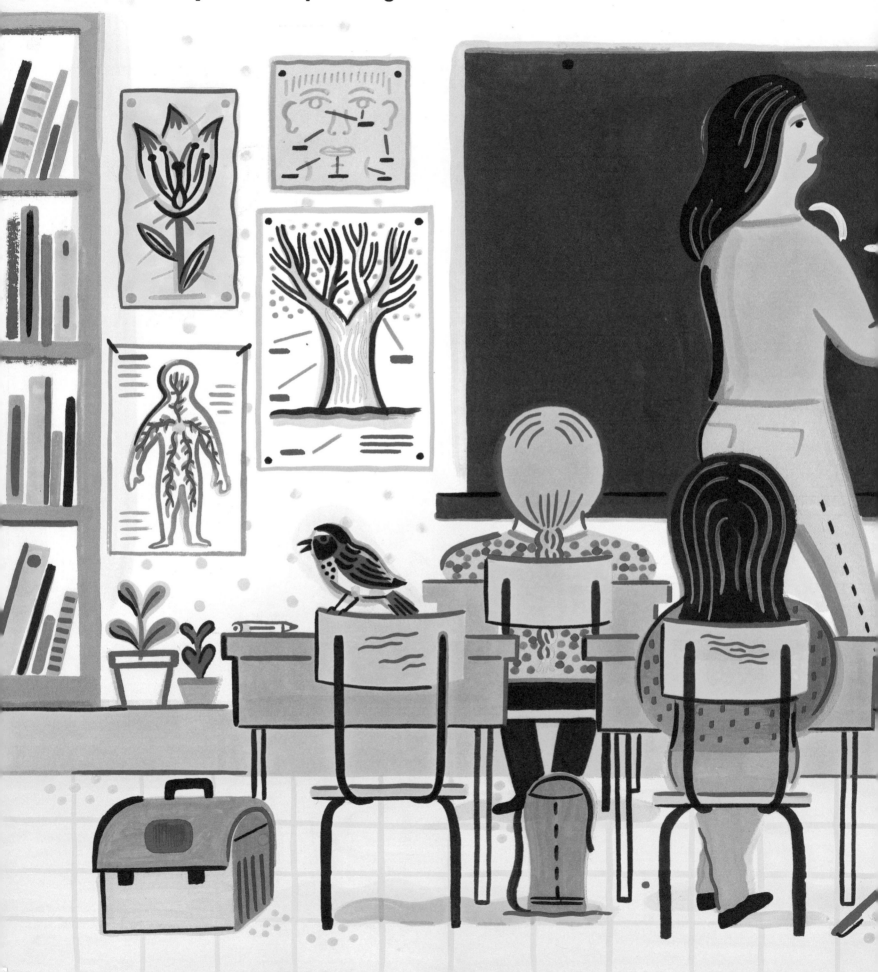

Mamá

Es muy alta y muy bonita, pero un poco
tímida y hace lo posible para no
llamar la atención.

Papá

Es súper peludo y a veces puede ser feroz.
Excepto en vacaciones,
entonces se relaja como un gatito.

Mi abuela

Es dulce y generosa. No se mueve mucho de casa.
Tiene un oído fino y caprichoso,
que entrena viendo televisión.

Mi abuelo

A pesar de ser lento y viejito,
siempre cede amablemente
el asiento a las señoras.

Mi tía

Es muy estilizada y le gusta vestir
con elegancia. Nunca sale de casa
sin ir bien maquillada.

Mi tío

¡Un glotón de primera!
Es impresionante la cantidad
de comida que le cabe
en la barriga.

Mis primos

No los habrás conocido
más ágiles y acrobáticos.
Sus juegos ponen
los pelos de punta.

Mi mejor amiga

Es campeona de muecas espantosas.

Pero no hagas caso de las apariencias,
en realidad es muy risueña.

Mi novio

Queda mal que yo lo diga, pero...
¡es ultraveloz!
Y bate todos los récords.

De veras que mi familia
es excepcional.
Y esta soy yo.
Pero creo que no tengo
nada de especial.

¿Y tú?